THE LOST GENERATION

詩集

MASAHI IFUKU イフクマサヒ

文芸社

ザ・ロスト・ジェネレーション

もくじ

HELLO	8
ウソツキ	10
くたばれ…すべてのものよ	12
UNDERGROUND	13
きみのとなり	14
so many people	15
地平線の向こうまで	16
産声	18
FAKE	20
祈り	22
DREAM CATCHER	24
地獄へ行こうぜ!!!	25
CORE	26
MOVE ON	27
I WONDER WHAT HE THINKS OF ME?	28
彼女は知っている	30
Soul Alive	31
偶然と必然のアンバランス	32
PLUG	33
LAST KISS	34
彼方	36
逆光	38

MY SPIRIT	39
銃声と炭酸水	40
雪の鎖	42
陽炎	44
きみとぼく	46
赤錆	47
雨粒	48
AM03：26	50
STAY	52
眠レナイ夜	53
JUNK FOOD	54
Time Warp	56
THE LOST GENERATION	58
あの日の約束	59
INSINCERE PROMISES	60
GETAWAY	61
BRAND NEW SORROW	62
GHOST	64
新しいという響き	66
眩暈	68
未来	70
遠い空の下	72

THE LOST GENERATION

HELLO

悲しみなんて死ね
いらないものは外へ出し
必要なものを補い
そうやって生きていく
そうやって死んでいく
俺たちの空腹感に終わりはなく
食べても食べても満たされない
大切なものを失ってしまっても
俺たちは…くり返し
なんども HELLO と言う
なんども HELLO と言う
出会ったことに HELLO と言う
意味のわからない言葉に癒しを覚え
きれいな言葉がまかり通る
そんな毎日にうんざりしている
俺が口にする言葉が汚くなってゆく
それを誰かが望んでいる
ホントは言いたがっている
俺の口を伝い　暴かれてゆく

それがこの時代を象徴している
悲しみなんか死んじまえ
神に祈りを捧げるくらい
誰かを信じたい
だけど出来ないでいる
神様に逢うまでは…
ホントは俺が神という存在かも
だって神様はどこにもいない
姿さえ見せようとしない
なら俺が神でもおかしくはない
あいつの嘘を暴いたときそんな気がしたんだ
ただ　それだけ

ウソツキ

俺は嘘をつく
誰も気付かないくらい
俺は嘘をつく
悲しい事なんか何一つなかったと
俺は嘘をつく
しあわせに生きてきたと
俺は嘘をつく
孤独なんかとは無縁だと
俺は嘘をつく
誰も気付かないくらい
だけど違ったみたい　誰も俺の存在さえ知らなかった
誰も俺の話を聞いてはいなかった

俺は嘘をつく
みんな友達なんだと
俺は嘘をつく
現状に満足していると
友達が嘘をつく
俺が一番の友達だと

彼女も嘘をつく
俺を一番愛していると
家族も嘘をつく
俺が大切な存在なんだと
焼けるような夕日が沈む　それは同じ事の繰り返し
なのに今日はやけに温かく感じる
涙が流れ　それは跡を残す
それを見た星たちがあざ笑うかのように輝きはじめる

俺は嘘をつく
この世界はなんて素晴らしいんだと
俺は嘘をつく
争いなんかあってはいけないんだと
俺は嘘をつく
ひとりぼっちがいいと……

くたばれ…すべてのものよ

生きると宣言しな
大きな声で生きると宣言しな
「言わなくてもわかるだろ？」
なんて
今の世の中　通用しない
だから
生きると宣言しろ
この街で
自殺志願者が増えてゆく
増殖してゆく
誰が死んでも俺にとっては
大して関係のない事さ
だけど
苦しくとも命を燃やせ
しがみついてでも生きてくれ
それを否定するなら
くたばってくれて構わない
今　すべてのものに告げる

UNDERGROUND

響く　高らかに俺の声
過去がつながる
雨がやみ　生きてきた意味を知る
破裂しそうな太陽
俺の居場所は「此処(ここ)」だと告げた
クソみたいな過去も今はどうでもいいんだ
自分が生きてきた道を否定なんかしない
でも腐ったりしない
ショータイムは始まったばかり
誰もが踊り狂う　眠れない夜が続くのさ

太陽に目がくらむ
俺の目はイヤなものを見すぎた
お前の心さえ見透(す)かせる　下手な嘘は止めときな
肩書きに溺れてゆく人々　判断しきれない集団
正当化するバカな連中
一生やってろ　一生やってろ　一生やってろ
俺は囚われない　中指立てて笑うのさ

きみのとなり

夜空に散った星を
きみのポケットに忍ばせる
きみの手を握り
一目散で走り出す
行き先は告げないでも
きみは僕の手を放さない
だから何処(どこ)へでも行ける
この夜は終わらない気がする
だって
誰もぼくらを邪魔することはできない
たとえ
嘘を言ったとしてもホントになる
不思議な時間
とがった三日月　きみの横顔を照らす
きみのとなりに流れ星
全部あげるよ

so many people

ウサン臭い NEWS が流れるテレビを見つめ
愚痴を吐き出しては自己嫌悪
だけど　なにも変わろうとしない現状がはがゆい
志は高く…なんて本で読んだことはあるけど
思うように消化しきれない現実に押し潰されそうになっている
あんなに友と語り合った夢さえ後悔しそうになっている今

輝かしい未来なんていらない
苦しくても自分が望む道を走りたい
指をくわえて待っているような真似はしたくないから
震える右足から踏み出してみる
思い描いた夢を叶えるために
一度くらい自分を貫いてみたい
人に笑われても胸を張れる自分でいたい
だから目をこすって僕らは行く
自分の心のままに
その先に未来が口を開けて待っている
始めないと始まらない…それが僕らの合言葉

地平線の向こうまで

俺はあまり知られてない町で生まれ
あまり知られてない名前で飛び出した
目がくらむほどの成功を手にするため
この町を後にした　俺がいなくても変わる事のない町を

どれだけ歩いても満たされない毎日に
昔を照らし合わせてみるけど
こっちの方がよっぽどいい
風向きは変わり　口元をゆるませた俺が行く
思い出に浸っているガラでもない
手にする物の大きさは知っている
抱えきれないものが俺を待っている
だから　振り返らない　とにかく俺は振り返らない
人は言う　夢物語はやめろと
人は笑う　おまえは狂っていると

この手は膨らんでゆく
想像できないくらいのスケールさ
奴らは俺に足を向けて寝られなくなる

時間と共に現実味を帯びてゆく
見えるかい？　奴らの引きつる顔を
成功してない人間の結果論　海に投げ捨てる
自分のルールで自分の道を行く
らしさってやつを見せ付けてやるのさ
地平線の向こうまで…

産　　声

俺は生きている　こうして生きてる
くだらねぇと嘆きながらも　こうして生きている
友が死んだ　首には縄の跡　なのにいつもの寝顔
友が死んだ　大したニュースもない日だった
友が死んだ　それはすべてをくつがえした
　　　俺は死ねない
俺は生きなきゃいけない
　　　アイツがうらやむほど生きなきゃいけない
焼かれて灰になり記憶は止まる
笑ったことも泣いたことも　そして死んだことさえも
俺は生きなきゃいけない
　　　アイツが生きられなかった分も
言葉を交わすことなんてできやしない
　　　もうなにもできない

アイツより年を重ねていく　追い越していく
もしかしたら俺が行くのを待っているのかもしれない
だけど生きなきゃいけない
だから生きなきゃいけない

だけど生きなきゃいけない
だから生きなきゃいけない
生きなきゃいけない
生きなきゃいけない
死ぬまで生きてやる
それはくつがえらない
アイツにだってくつがえすことはできない

つづいてゆく　俺はつづいてゆく
死ぬほどイヤなめにあいながら
良い日には「くだらねぇ」と嘆きながら
そんなふうに生きていく　なんらかの意味を抱えてさ
そしてお前は俺の胸の中で生きつづけりゃいい
また逢える日まで　このままでいようか　なぁ友よ……

FAKE

嗚呼　イライラする
この感情はなんだ　すべてを壊せそうさ
愛した人さえ傷付けても構わない
そんな俺を誰が愛してくれるというんだ
嘘つきのクソヤローが開き直ってきている
俺はこの拳を奴に叩き込む
悲鳴をあげた奴の顔　おかしくて仕方ない
言葉を交わすこともなく
奴は姿を消そうとする　そう俺の前から
トラブルを抱えた奴を誰も愛しちゃくれない
初めからわかっていた　だけど奴には知る術がなかった
笑ってる　甲高い声が空を突き抜ける
太陽光が俺の身体を透かしてゆく
見るも無残な俺の身体を通り越し残酷な剣は
奴の心臓に突き刺さる
奴はストレスにまみれた俺を神だと信じきっている
もう　手遅れ　奴の頭が悲鳴をあげている
聞こえるんだ　断末魔の叫びってやつが…
近づいてくる鐘の音

お迎えが来たみたいだ　きっとママが迎えに来た
青ざめた顔をして俺を手招きしている
帰らなきゃいけないママと
帰らなきゃいけないあたたかい家へ
だって　ママはやっと迎えに来てくれたんだもの
ママぶたないで…ママごめんなさい…
ママ意地悪しないで…ママ痛いことしないで…
　　　ママごめんなさい…
我に返る　錯覚だった　本当はそんな人いないんだ
俺を迎えに来てくれる人なんていない
ひとりでも怖くなかった
　　　これからも同じだと思っていた
呪縛に踊らされている俺　消えてしまいたい
決別は死の選択　振り上げた残酷な剣
冷たさと爆発が胸から手先に広がる……意識が飛んだ

祈　り

臆病な自分が大嫌い
優柔不断な自分が大嫌い
自分の顔も姿も全部が大嫌い
こんな世界も大嫌い
生まれたことが大嫌い
いつからだろう
欲しいものが手に入らないと
嫌いなところが増えてくる
うらやむ事が多すぎて
なにが欲しいのかも分からなくなってきた
落ち度なく人々を満たす事なんか
存在しないのにさ
みんなに同じだけのしあわせを
みんなに同じだけの苦しみを
みんなに同じだけのお金と食料を
そんな言葉を投げかける
なんて偽善を言っては何かに満足している
そんな事じゃダメだって知ってはいるのに
不満ばかりが膨らむ毎日

出口のない迷路にしゃがみ込む
この島国は平和だとも知らずにね
比べることが大好きで
高い場所ばかりが気になって
低い場所には見向きもせずにさ

DREAM CATCHER

やりきれない夜は
自分の弱さが鼻につく
なのに
打ち込まれたクイは
出ようとしている
出すぎろ
出すぎろ
生意気だと言われても
出すぎろ
主張しろ
譲れないものは死守しろ
主張しろ
夢を見ろ　それを現実にしろ
あきらめるな
叶うまでやりゃー叶うんだ
お前ならできるはずさ
俺は知ってるぜ　その瞳が死んでないことを

地獄へ行こうぜ!!!

俺は光のスピードで
奴らの目を回す
空気を切り裂き　殻を破る
チクタク刻み出した時計
それを止める事はできない

なにもかもわかった面(つら)して
生きてくのはごめんだね
奴が俺を待っているから
より早く　より遠くへ
俺は地獄の果てを大股で歩く
地獄がパラダイスかもしれない
いたぶられる場所だと誰が決めたんだ？
俺の高笑いで番人が騒ぎ出す
痛みに耐えていた奴らは笑い出す
このパーティーは終わらない
もちろん仕切るのは俺さ

CORE

忘れないで　これまでのことも
これからのことも
すべてを捨てて生きてくのも
まちがいじゃない
だけど…今　此処にいることは
過去があるから
なにもなくて此処にいるなんて
ありえないこと
イヤな過去さえ笑うことができる
あなたが望む生き方ができれば
そう時間は掛からないかもしれない
あなたがよそ見しない限り
過去のせいにするくらいなら
なにも手にすることはできない
なにを背負っていても自分だけは信じるんだ

MOVE ON

簡単にする
難しくないように
好きなものを好きと言う行為
嫌いなものを嫌いと言う行為
俺は愛するものに愛していると言う
愛する女性(ひと)に触れていたい
だから
手をつなぐ　抱きしめる　キスをする
恥ずかしいなんて言ってらんない
失う前に大切なものを察知して
それを言葉にする　それを表現する
簡単な感情で十分なんだ
好きという気持ち　愛するという気持ち
心のままに実行すればいい
恥ずかしいなんて言ってらんない
大切な人がずっとそこにいるとは限らない
だから
好きなものを好きと言う行為
動くんだ　その衝動を抑えちゃいけない

I WONDER WHAT HE THINKS OF ME?

よく考えろ　お前の頭は腐ってきている
賢い奴ほど　ろくでもない人生を送ったりしている
踏み外しても立ち直る術(すべ)を知らないのさ
運よく俺たちは賢い頭を兼ね備えてはいなかった
だから生きる術ならいくらでも知っている
それだけあれば大丈夫さ　悩みがあるなら言ってみな
俺が　お前の悩みを食いつぶしてやる

本当のことを「真実」という
そんな言葉は　あってはいけないのかもしれない
誰が真実を口にするというんだい？
傷つけない為のウソってやつがある以上
俺は彷徨(さまよ)う　なにを信じればいいのか手探りしながら…

そして俺は知ることになる
真実は自分の中にあることを
それは大袈裟なことではなく　そっと教えてくれる
誰かに期待することじゃなく自分が与えるものなんだと

俺たちは闘わなきゃいけない自由を求めるからこそ
こうして立ち止まり
　　あらゆる不安と葛藤しなければいけない

輝き続ける　俺の中で　それを言い表せない
だけど感じる　ここにいてはいけないと…
目が覚めた朝に飛び出した　裸足のまま俺は追いかける
見た夢を忘れないように
熱くなった地面が俺の足を捕まえる
俺は　振り払い追いかけた
遠回りしたって行くんだよ　なにを待ってんだ？
もう見過ごすことはできない

お前は待つことに慣れすぎた
目の前を通り過ぎる影をいくつ数えれば
目を覚ますんだ

彼女は知っている

ありのままを見せないで
わたしが探してあげる
どうせ　あなたは嘘をつく
それが真実だというのなら
わたしは特別じゃない気がするの
だから動かないで
わたしだけを見ていて

Soul Alive

紅く染まった空を見つめ
俺は遠くへ飛べる気がした
地球の蒼さは炎を熾し
折れる心を焼き払ってくれる
時折　見せる悲しみと
突然　転がり込む喜びに
人知れず戸惑う
なのに標的は変わることなく
この胸に居座りつづける
折れそうな心と裏腹に
俺の瞳は死ぬことを知らない
願いを叶え　そして　いつか
約束の地でお前と会おう
この魂が朽ち果てぬうちに…

偶然と必然のアンバランス

あんたは過去の栄光にすがっている
自分の軸で世界は回っていると思ってた
そうだろ　あんたは参ってる
でも言おうとしない
惨めになるのが怖いだけさ
俺は知っている　あんたの心の内
あんたはあの場所へ戻れないこと
知っているはずさ
狂ってゆくあんたの歯車
音を立てて軋むだけ歪むだけ
目に見えるものしか信じない
あんたの思考回路は
イカレちまってる　イカレちまってる
もう　あの場所へは行けないのさ

PLUG

灰になるのは簡単で輝くのは困難で
成す術(すべ)なく立ち尽くす
夢と現実の狭間で自分らしさ探すけど
うつむくたびに猫背は酷くなるばかり
周りの人の意見は理屈ばかりが先行している
厳しい現実だって　甘くない事だって
十分(じゅうぶん)　わかっているのにさ
男も女も関係ない　泣くのも笑うのも味わうのは
結局　自分しかいないんだ
頭に突き刺さったプラグを引き抜いて
可能性の海へ飛び込んでみようか
それで世間知らずと言われても構わないよ

LAST KISS

くちづけを交わす
あなたと同じ夢を見る
すべり込むあなたの体温とやさしさ
永遠につづく物語…
孤独なココロに刻まれた
あなたの哀しい顔をわたしに見せて
わたしだけに見せて
そしてくちづけてよ
触れた唇がふるえている
遠い昔もそうだった
いろんな人がやさしかった
なのにいない
あなたはここにいる
だけどいなくなる
だからわたしにくちづけて
月の光を浴びた身体は
あなたに吸い込まれてゆく
今は
だから

わたしにくちづけて
不安になる前に
わたしが笑うときは哀しいサイン
忘れるの
すべては儚く消えてしまう
ひとり
時間が止まる
あなたの体温が冷めないうちに
さよならを
くちづけに託した

彼　　　方

こんな毎日が続いている
驚きを欲しがり　平凡を拒んでいる
めざしたものは手に入ったかい？
君は誇らしく語っていた
未来は僕らの前で悪戯に形を変え
手を伸ばすとおかしなくらいすり抜けてゆく
朝まで話した僕らの夢は静かに動いている
そして　高く見据えるのさ　あの彼方へ

歳をとったなって笑っている
それぞれの生活に目を向けだしている
なのに僕といえば
高く　高く　まだ高く飛んでいる
昔話が増えてゆく　それも悪くないよ
だけど　僕には早すぎるんだ　その昔話

彼方に願いを　君に祈りを
これが今の僕にできることさ
トゲトゲが刺さって痛むこの胸

不安になりながら旅路を行くよ
泣いたり笑ったり　まだ終わりそうもないんだ
さよならは悲しいから…じゃあ　またね

逆　光

愛すべき人よ
それを運命だなんて言わないで
足元に転がる石ころを
僕がひとつずつ取り除いてあげる
愛すべき人よ
顔をそむけないで
逃げちゃいけないこともあるんだ
現実はいじわるで
僕らの足を引っ張ったりする
だけど　それが僕らを強くさせる
愛すべき人よ
運命だと言うなら逆らって

MY SPIRIT

俺はすり抜ける　なんとかやりこなせる
誰かが俺を笑う　だけど気にしない
俺にしか理解できないことばかり
奴らは指をくわえて運命とやらを受け入れる
うまく纏(まと)めた言葉で運命には逆らえないんだと俺を諭(さと)す

よく聞きなベイビー
どんなに強い奴でも足を止めたら先へは行けない
歩くことをやめなければ　きっとこの道は続く
奴らは口を揃えて　こう言う
「無謀なことはやめろ」と薄笑いでくり返す
だから俺は突き進むのさ
誰も追いつけないスピードで誰も見たことのない景色を
　　見るために

行くとこまで行けば気付くのかもしれない
自分が手にするものと失うもの
理屈なんか必要ない　思うように行くんだ
俺に嫉妬するのは構わない　だけど邪魔する奴は許さない
だって時間は凄い速さで過ぎていく
奴らを相手にしているヒマなんかないのさ

銃声と炭酸水

人は人生の中で
いくつもの矛盾を見つける
だけど　それを否定すれば排除され
ましてや反発すれば価値さえ失う
同情してくれる人もいる
僕を必要としてくれる人だっている
なのに
どうして
こんなにも悲しい気分なんだろう

弾丸をかいくぐり自由の空を想像するんだ
哀しい響きはどこにもないはずさ
争いはいつも人を卑屈にさせるもの
銃声は心の奥底で鳴り止まなくて
僕らの眠りを妨げる　今夜も同じようにね

殺し合う事が終わらないのと同じように
僕は心の音を聞くんだ
それは炭酸水のように舌先に刺激を与える

今日も生き延びている事を実感させてくれる
無力な人間ばかりが怯えるなんておかしな話さ
自分の無力ささえ悪に感じ始めている
人々の叫びは失速してゆく
それは諦めとなり世界に降りそそぐ

……もう　泣けないよ

雪 の 鎖

やさしい貴方の笑顔
それがあれば怖いものなんてなかった
その胸で眠れればいい夢だって見れた

押し寄せてくる残酷な波は
戸惑うわたしを覆ってゆく
冗談だと言って　おどけて見せて
もう怖くて眠れないよ

冬は訪れるもの
雪の鎖
貴方を繋ぎ止めることできない
雪の鎖　消えてゆく
揺れ動く気持ち　止められない
押さえつけるもう一人のわたしが
哀しい響きを拒んでいる
貴方の温(ぬく)もり捨てきれないよ
貴方も同じだと言って
わたしと同じだって……言って

溶けてしまった雪の鎖
春の訪れを待たず　その姿を消した
触れた雫　指先を伝い落ちる
春の香り　凍えるわたしを連れ出した

陽　　炎

薄汚れたフローリングを敷き詰めた部屋
その真ん中で放り投げた手足　死にぞこないのぼやき
天井に突き刺した視線
こびりついた汗が悪臭を放つ
飲みかけの缶ビール　不愉快なほど体温に近い
胃袋に流し込み上半身だけ起こす
しわくちゃの週刊誌　俺の足にへばり付く
立ち上がった勢いでドアを蹴破った
生ぬるい風　刺すような陽射し　狂気の眼差し(まなざ)
すべてが敵に見える

誰かに愛されたい　ネガイ　陽炎のように消えてゆく
誰も愛せない　だから　誰にも愛されない
だから誰かに愛されてみたい　知りたいだけ
なにも変わらないかもしれない　知りたいだけ
その温もりをささやかでも　この口に含みたい

失ってきたものの破片を拾い集め
この手に乗せた　幼い思い出が心に溶け出す

あの頃も今もなにも変わってなんかいない
変わってしまったのは自分自身だった
時代のせいにして誰かのせいにして
立ち尽くして自分のせいだと知る　哀れな自分

靴を履き　音を鳴らす
誰も気付かない　歪んだ微笑　板についてきた
正確に刻むデジタルの表示　時間を確かめ
もう一度　俺は笑ってみた　まだ間に合うことを知って
勢いよく飛び出した
　　景色はいつもと同じだった

きみとぼく

ぼくは意地悪で　みんなだってそう思っている
わがままでどうしようもなくて
きみを困らせて笑っていたりする
きみは　いつも怒るんだ　だけど嫌いにはならないで
だって　きみが怒ってくれるから笑ってくれるから
それで　ぼくは愛ってやつを感じられる
だから　ぼくはきみを愛していると言えるんだ
もし　ぼくがダメになったら海に流しておくれよ
惨めなぼくを見せたくないんだ
きみの前では　かっこつけていたい　ずっと　ずっと

隠し切れないこと増えてゆく
きみにとっての苦痛の種は　ぼくだって事も知っている
もし　いつの日か最後という日が訪れるのなら
ぼくは初めて傷つく事を覚えるはずさ
だって　今　こんなにきみを愛しているんだものね
誰もが　らしくないと言うけれど
ぼくは　今　この愛に誇りを持っている

赤　　　錆

レールをはみ出した列車
俺は　その一番前に立ち
終点まで行く
錆びついた車輪が悲鳴をあげる
「どうしてそんなに生き急ぐの？」
誰かが俺に言った
答えは俺の心に聞け

自分の意志が突き動かしている
冷たいアスファルト
膝を擦りつけ
血が赤いこと知った
耳を澄ませば　雷鳴が耳をつんざく
夜が目を覚まし
騒がしい世界が動き出す
合図は打ち鳴らされる
その瞬間に走り出せ
お前が生き延びたいのなら

雨　　粒

激しい雨が降る
横殴りの雨　俺を濡らす
強く握った傘も骨だけとなり
役に立っちゃくれない
惨めなくらいズブ濡れのまま
目的地は　まだ遠い…

雨は　ますます激しさを増す
なにも見えないくらいに
雨は　すべてを閉ざす
震える指先　感覚をなくす
とぎれとぎれの君の顔
だけど君だとはっきりわかる
抱きしめる度に消えてゆく思い出
流れる雨が道連れにして

君が涙を流しているのか
雨が涙に見えるのか
あの日　君に聞けなかった

それが俺の心残り

雨は上がり　君の姿はない
うなだれた俺と濡れたアスファルト
本当は泣きたい気分さ
でも泣くわけにはいかない
君は　俺がそんな男とは思ってないから
今でも君が描くイメージを演じている
君が好きだった俺を演じている
勘違いする俺は　そのうち自分を見失うだろう
そして　目的地さえ見失ってしまうのさ

AM 03：26

知識や教養が人を臆病にさせるというなら
俺は　そんなものいらない
本心を言えば失ってしまう
本心を言えば殺されてしまう
社会のシステムなんてそんなもんさ
だから自分を貫く　信じるがゆえ
だから自分を貫く　俺の炎は誰にも消せやしない
俺の中でうごめく発光体
それが　まぎれもない俺の信念
何百光年から輝き続ける
夜明け前　暑くて寝付けない俺

TV画面の左上 AM 03：26
生命の神秘を書き殴ったノート
<u>塗りつぶして「殺せ」と書いた</u>
約束は破られるもの　システムは壊すもの
そんなもんだろ
TVを消して布団に潜り目を閉じた
逆なでする騒音　蒸し暑い部屋

俺は無性に
すべてのものが消えてなくなればいいと思った…

STAY

時間切れさ　いくら待っても来やしない
この場所がお前の居場所だというなら
突然の幸福が訪れることもないさ
待ってても時間ばかりが過ぎ去ってゆく
そんなもんさ
変化を求めているなら自分で創り出さなきゃならない
過保護な自分を捨てて新しい自分を見つけよう
いつの日か悔いなく生きられる自分に逢いたい
命を懸けられるほどの覚悟を持って
終わりのない道を突き進んでゆく
それが使命だというなら怖くなんかないさ
そこから明日が見えてくるなら　たかが知れてる
臆病なその胸を熱くさせろ
お前なら出来るはずさ
気付いてないかもしれないが　よく見ろ
信じてくれている人が近くにいる

眠レナイ夜

やりたいことが増えていく
なのに踏み出せない
現状を考えると身動きできなくて
言い訳ばかりがうまくなってきた
もうひとりの俺　臆病者
できそうだけど　できないでいる
行きつけのバー　滑りこむ足
マスターはイカした感じのオヤジで
アバンギャルドな帽子をかぶり
いつもカウンターの右端でタバコを吹かしている
なにも言わない
俺は軽く手を上げる　いつもの挨拶
ただそれだけで俺の存在は確認される
軽く手を上げる
それだけで誰もが俺を確認する
そんな男になりたい
軽く手を上げる　ただそれだけで
そんな男になりたい

JUNK FOOD

空腹感に起こされた朝
なにもない部屋で俺は自己嫌悪に陥る
見るに耐えない俺の顔
生気を吸い取られた男は鏡の奥で笑う
希望のかけらも残っていない

時間ならいくらでもあると勘違いして
奥歯に残る夢を飲み込めないまま
ジャンクフードを噛み砕く
今日はいいんだ…
明日になれば変わってくれる…
今日までは大丈夫なんだ…
勘違いした俺は救われない
今を後回しに　後を優先的に
なにも達成されない男の笑顔
ゆがむ
妄想で胃に流し込む
ムカツキはおさまらない
大切なものが消えてゆく

時間は無限の産物
なにを意味するものか…
老いてゆく自分が無限の時間に勝てやしない
変化は自分が生み出すもの
変化は自分が生み出すもの
血の気の引いた俺の顔
鏡の奥で手招きしている
明日を捨てて今日を生きろ
そうすれば明日は後からついて来るさ
割れた鏡　消えた男＝俺

Time Warp

他人が羨ましく　自分は味気なく
そんな寝言が増えてゆく
気付いちゃいるけど　この妄想癖は止められない
突然の幸福が転がり込んで来る事を期待して
ふやけた爪をかじってる
なにかが足りない　補う方法さえ浮かばない頭
100トンくらいの重さで俺に圧し掛かる

此処からあちらへ
下手な妄想も役に立ってはくれない
現実逃避なんて捨てるべき時　それが今だとは分かった
それからどうする？　厚手のコートを羽織ろうか
暑さには強いが寒さには弱い
俺が動こうとしている　急速に時間が流れ始めた
雲が蒸発してゆく　切り替わった画面に映る俺
逆さまの太陽
俺は自分の力を初めて信じようとしている

——自分の人生くらい自分でなんとかしてやる

そう小さく口を動かした
なにもしないで明日に期待しても無駄なことさ
だから　俺は確かな一歩を選んだ
此処からあちらへ…ワープなんかできやしなかった

THE LOST GENERATION

痛みを分かち合いましょう
あなたの苦しみは私の苦しみ
戦争がなくなるように祈りましょう
さあ　こっちへおいでなさい
平和を祈るのです

なんて言えねぇよ
口が裂けても言いたくないね
核心を突け
もっと核心を突け
その目で見ろ
充血するほど目を開け
争いは時代が逆立ちしても終わらない
平和な時代なんて何処にあったというんだ
祈る前に
核心を突け
この世は愛憎　この世は愛憎
不条理な愛憎
無力な俺を笑ってくれよ

あの日の約束

あきらめないで
強く信じたものを…
君は手を広げ準備をするんだ
抱えきれないほど大きなものを
受け止められるくらいにさ
想いは尽きないけど
不安で腫れあがった顔を上げ
高い空を睨みつけるんだ
じゃないと見失ってしまう
強い心も揺るぎない情熱も
ぼくらは気分次第
だけど　足を止めたりしない
闇の先へ目を凝らす
それは自分との約束

INSINCERE PROMISES

期待するのはやめてくれ
俺はあんたのように生きてはいけない
こんなプレッシャーは　もうごめんだよ
俺が一歩動こうとすると
あんたの希望は壊れてゆく
期待とは違う気持ちに覆われていくんだ
あんたは悲しい気持ちになる
そして　俺を誕生させたことの意味を
初めて知ることになるのさ
世界の終わり…みたいな感じだろ？

GETAWAY

存在意義が欲しいのなら
自分の胸に手を当ててみなよ
だけど証が欲しいというなら
やめた方がいい
そんなものどこにもない
泣いても無駄さ
なにもかもに理由を求める
そんなものくそくらえ
俺が歩く場所は誰も想像できない
だって誰も知らない感覚
連中は俺を厄介者と言う　爪弾きにする
順応なんかしないのさ
これが俺の意見　理解はしないでいい
これが俺の言葉　意味はいらない
ジェットコースターのような人生
凄いスピードで何度も宙返り
俺は笑っている　快感が麻痺させた心
凄いスピード　ずっとこのスピード
順応なんかしない　このスピードは俺のもの

BRAND NEW SORROW

やがて悲しみは消えてしまうさ
そんな顔はよして笑ってみなよ
今日より良くなるように明日に備えろ
思うようにはいかない
だから　こんな日もあるさ
なんでも話せる奴を一人でいいからつくりな
自分の弱さを見せられる人をさ
きっと少しは楽になれる
その人を大切にするんだ　そして　友と呼べ

愛する人には素直になれ
恥ずかしいことなんかない
手をつないだり抱きしめたり
涙を見せても悪くない　きっと解(わか)ってくれるさ
おまえが思っている以上に愛してくれる

誰でも一人じゃ怖いさ　淋しくて心細くて
無意識に誰かを探してしまう
忘れちゃいけないことがたくさんある

当たり前のことが一番愛しいもの
守るべきものがあるなら　その手で守りぬけ
自分を犠牲にできるくらいの想いなら
言葉にして伝えろ
おまえが愛する人の笑顔を作ってやるんだ

GHOST

ときどき酷(ひど)い眩暈(めまい)に襲われる
なにかに犯されていく　それは遠いものじゃない
近い存在
　　　音も立てず忍び寄っては俺の脳みそを荒らして
また消える…
それは間違いなく近い将来
　　　あたかも遠いものに感じさせている
だけど気付こうとしている
痛みを和(やわ)らげるために寝ているよりも
痛みの根源を叩きのめさなきゃいけないことを

俺はハイになり　すべてのことを忘れようとしていた
痛み　そして日常さえも
目を閉じる　するといつも現れるブザマな幽霊
なにかしら悲しい顔で俺を引き止めようとする
期待なんかしないでくれ
　　　俺はお前に共感なんて持てやしない
気がすんだらこの部屋から出ていきな
恨めしそうに幽霊は最後に呟いた

「お前もこうなるんだ」と

誰もが望んだものになれるとは限らない
そして俺も特別ではなかった
だから望んだりしない　だけど怯えたりしない
留まることを誰も望んじゃいないのさ　此処はちがう
だから夜毎(よごと)訪れる幽霊に俺は吐き捨てた
『俺がおまえのようになったらおまえの居場所はなくなるんだ』と…

自分を殺す夢を見る　自分が殺す夢を見る
大抵のことに驚かなくなってきている
リアルを感じなきゃ俺たちは目を覚まさなくなってきている
誰かが言わなきゃいけない　それも大きな声で
自分のために生きてる
そして誰かのためにも生きていることを

新しいという響き

疲れ果てた旅人が倒れている
それを助けようとする人もいる
見て見ぬふりする人もいる
急ぐ人　そうでない人
急(せ)かされるように生きる群衆

その旅人は助けを求めていない
立ち上がる　歩き出す
立ち止まっているだけ
すこしの時間が必要なだけ
頭上に太陽　動き出す眼球
沈む方へと歩き出す
沈む方へと顔を向ける
新しいという響き
人々が惹きつけられる響き
新しいという響き
旅人は知っている　愚かなことを
支配されることから逃げ出したいだけ
新しいという響き

新しいという響き
沈む方へと歩き出す
人々が歩き出す　沈む方へと
それも新しいという響きとなり
沈む方へ歩き出す

眩　　暈

調子はどうだい？
君は困った顔をするけど知りたいのさ
君と会うのは照れくさい
言葉　空回り　どれだけ君に届いているのだろうか
俺の言葉は君には軽く
すぐに吹き飛ばされてしまう
時間の渦で眠れない夜　不安の後に君がいる
俺らの関係は発展できないもの
君は誰かの友達だった　爪を嚙む日々が増えてゆく
だんだん存在が気になっていくようだ

一番言いたいことが言えなくて歯がゆさを覚え
無理して背伸びしては　ゆるい眩暈（めまい）に襲われる
君に会える日は雨でも大好きさ
変わりはないかい？　君の言葉が聞きたいよ

君には好きな人がいて君の瞳は遠くを見ている
なのに厄介者の俺は飽きもせずに君を見ているよ
いつか好きになってくれたら　光は君に射す

俺のベッドで仲良く眠ろうよ
君が望むようにはならないが
　　触れていたいのさ秘密の場所を

俺の言葉を消し去る雷鳴
疲れた身体を抱え　忍び寄る淋しさ
うんざりするほどキスをしよう
足りないくらい俺は何度も君を引き寄せる

それでも明日はやってくる
癒せない傷があるから俺たちは現在(ここ)にいる
もう会えなくなるかもしれないけど
いつでも君の味方さ
君のことは　ほとんど知らないまま
それでも君の味方さ

未　　来

あの日　わたしが言ったことは
　　　あなたの未来を壊す言葉だった
ただ　愛されていたかった
　　　ときには抱かれたい夜もある
わがままなのはわかってる
でもね　ちゃんと見ててくれないと
わたしは無力で　あなたの中にいない気がするの
愛されたいと思うことが　なぜこんなに後ろめたいの？
それを求めれば　あなたはイヤな顔をした…

手をつないだ日々は　ほんの少しで
泣くなんて思ってなかった
　　　こんなに苦しいなんて思ってなかった
ひとつの言葉であなたを失って
　　　得るものなんて何もなくて
ただ　胸の痛み　それだけをあなたは残していった
静かにドアを開け　最後の言葉は雑音に消されてゆく
あなたにとって大切なものはなんですか？
わたしであってほしかった　その言葉　さがしていた

聞けなかった　そんなこと聞いていたら…泣いてたよ

あなたの口は動かない　なにも言わない
わたしの為の言葉なんて一つもなくて
帰り道　何度も泣いた　そして　あなたはいない
遠い思い出にするの　思い出せないくらい遠いものに
大事なものをなくした子供のように泣きじゃくる
だけど　あっという間に忘れてしまうの
そして　未来を描く　あなたの存在しない未来を
もう要らない　あなたのいる未来なんて

遠い空の下

寂しい母の子守唄
耳に残るやさしさも
風に舞う
月日は流れ　この胸に還るとき
動き出す　やさしき母の面影
海を渡り　空を燃やし
届けばいいな　この声が…
静かな風の音
心の寝床
痛んだ身体(からだ)をまるめ眠る
なくした時間　刻み出す
遠い空の下
寒い場所で生きる妹よ
きみの笑顔をずっと見ていたい
遠い空の下で
愛するきみのしあわせ願う
白い息に切なさ添えて
消えることない足跡　きみに捧ぐ

著者プロフィール

イフク マサヒ

1975年福岡県に生まれる。
中学生から詩を書き始め、心模様を繊細な表現で描き続けている。

詩集　**THE LOST GENERATION**
_____

2004年4月15日　初版第1刷発行

著　者　　イフク　マサヒ
発行者　　瓜谷　綱延
発行所　　株式会社文芸社
　　　　　〒160-0022　東京都新宿区新宿1－10－1
　　　　　　　　　電話　03-5369-3060（編集）
　　　　　　　　　　　　03-5369-2299（販売）

印刷所　　神谷印刷株式会社
_____
Ⓒ Masahi Ifuku 2004 Printed in Japan
乱丁・落丁本はお取り替えいたします。
ISBN4-8355-7309-9 C0092